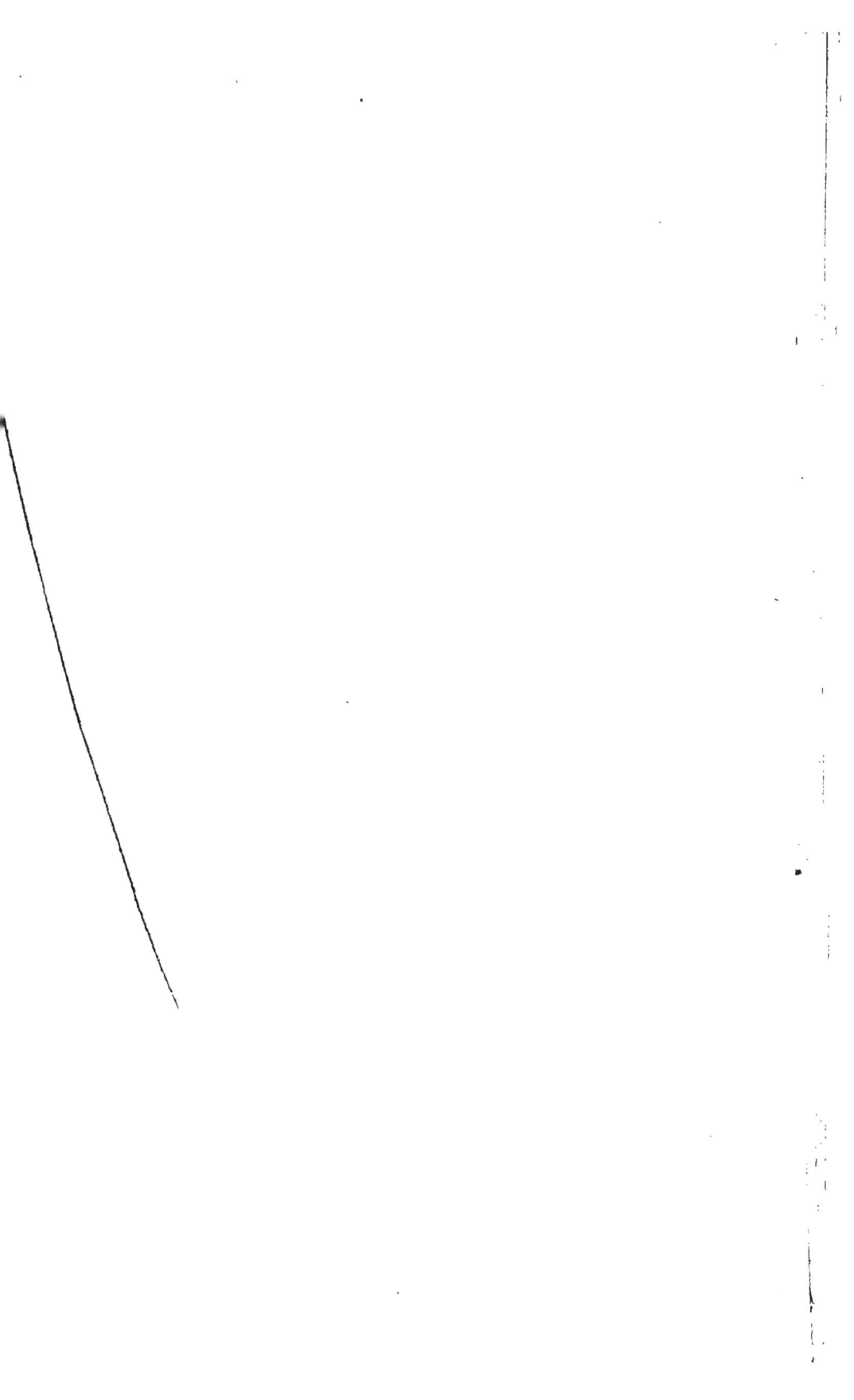

SAINT

FRANÇOIS DE SALES

ÉLÈVE DES UNIVERSITÉS

DE PARIS ET DE PADOUE

(1578-1593)

CARACTÈRE DE SA VERTU ET DE SA PIÉTÉ

SES PRATIQUES RELIGIEUSES OU EXERCICES SPIRITUELS

DANS LA PÉRIODE DE SES ANNÉES D'ÉTUDES

Se vend au profit des Universités catholiques

LE MANS

LEGUICHEUX-GALLIENNE

LIBRAIRE-ÉDITEUR

15, rue Marchande, 15

1876

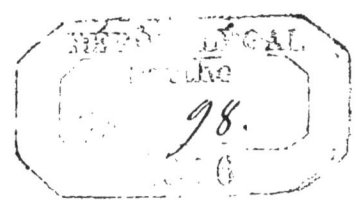

SAINT

FRANÇOIS DE SALES

ÉLÈVE DES UNIVERSITÉS

DE PARIS ET DE PADOUE

CARACTÈRE DE SA VERTU ET DE SA PIÉTÉ

SES PRATIQUES RELIGIEUSES OU EXERCICES SPIRITUELS

DANS LA PÉRIODE DE SES ANNÉES D'ÉTUDES

(1578-1593)

Se vend au profit des Universités catholiques

LE MANS

LEGUICHEUX-GALLIENNE

LIBRAIRE-ÉDITEUR

15, rue Marchande, 15

1876

HOMMAGE

AUX ÉTUDIANTS

UNIVERSITÉS CATHOLIQUES

———

Tout ce qui peut contribuer à faire connaître de plus en plus saint François de Sales, ne peut qu'être utile à la cause de la Religion (1). Cette pensée d'un pieux et docte Prélat, justifie celle qui nous presse de vous adresser notre modeste publication. — Vous y trouverez la réalisation des éminentes qualités, de la vive foi et des solides vertus qui ont brillé, dès le jeune âge, en celui que vous aimerez à prendre pour modèle et à honorer comme votre patron. — Que ces quelques pages soient méditées dans le

(1) Mgr Parisis.

silence d'un cœur chrétien, par tous nos chers étudiants, elles révèleront, aux uns, la lumière qui éclaire les âmes pures, religieusement unies à Dieu ; elles détermineront les autres à marcher constamment dans les voies de la vérité et du salut, ou, à y rentrer, s'il y a lieu, avec courage et confiance. — Et ainsi l'Église, votre mère, comptera toujours parmi vous, dignes jeunes gens, des enfants fidèles, et sa noble cause, au besoin, des défenseurs zélés. — C'est que, forte dans son principe, admirable dans ses résultats, la religion, inséparable de l'Église, répond toujours par son intervention, à la bonne volonté des âmes, aux nécessités de circonstances. — Mais heureux ceux qu'elle inspirera et dirigera dès leurs débuts, dans ces Universités catholiques, qui les prépareront aux carrières sociales que la Providence leur destine ! — Ayez courage, jeunes hommes, et ne vous effrayez ni du temps ni du monde. — Pour soutenir votre cœur dans les fatigues du devoir, pour vous fortifier contre tous les chocs, regardez et imitez saint François de Sales...

AVANT-PROPOS

———

Enfin notre jeunesse française trouvera désormais, dans nos Universités Catholiques, un correctif à l'enseignement dangereux qu'elle était habituée à recevoir, depuis trop longtemps, dans nos écoles publiques. Les étudiants chrétiens ne seront plus condamnés à entendre outrager leurs croyances les plus chères, et la foi de leurs ancêtres.

Aussi pouvons-nous espérer que ces jeunes gens dirigés et instruits par les maîtres d'élite auxquels ils auront été confiés, porteront, dans la vie, cette trempe ferme et personnelle, qui les défendra contre tout ascendant fatal et même qui leur créera pour le bien, selon leurs positions, une influence salutaire.

En confirmation de ce que nous attendons avec

confiance, et, tout à la fois, comme encouragement à la nouvelle génération que nous avons en vue, laissons parler Son Éminence le Cardinal Guibert, archevêque de Paris (1) :

« Quel grand bienfait pour vous, chers élèves, qu'un enseignement où vous trouverez les trésors de la science sans être exposés à perdre le trésor de la foi ? Vous devez rendre grâces à la Providence de vous donner des maîtres qui vous prépareront aux diverses carrières et vous protégeront, par leurs conseils, contre les périls semés sur votre route. Gardez-vous de croire que la régularité de la vie soit étrangère aux progrès de l'esprit. La vertu ne remplace pas le génie, mais le vice le dégrade et l'étouffe. L'intelligence, gardée par les habitudes chrétiennes contre les passions désordonnées, conserve toutes ses forces pour la recherche de la vérité, et si les dons naturels sont égaux, le succès appartient à celui dont le cœur, resté pur, soutient et fortifie la raison. Fuyez donc les sociétés où l'on ne respire pas un air sain ; repoussez avec mépris les livres corrupteurs et même les écrits frivoles ;

(1) Extrait de l'allocution prononcée à l'occasion de l'ouverture de l'Université catholique de Paris.

accoutumez-vous à comprendre le sérieux de la vie,
le prix du temps, la beauté du devoir accompli. »

A vous, jeunes gens, qui dans les temps pré-
sents avez besoin de vous affermir de plus en plus
pour la lutte contre le mal ; oui, à vous de méditer
ces paroles dictées par la religion et l'expérience, à
vous de vous approprier les enseignements qu'elles
renferment.

Puissent-elles, en vous remettant sous les yeux,
de grands principes qu'on n'ébranle pas impuné-
ment, vous éclairer sur les dangers de ces doctri-
nes qui ne se produisent jamais qu'au péril de l'or-
dre social !...

Puissent-elles écarter de la route que vous avez
à suivre, les écueils contre lesquels nous voyons
trop souvent se briser tant de belles intelligences,
tant de nobles cœurs !...

———————

Et maintenant disons comment saint François de
Sales peut encore exercer en faveur de la jeunesse de
nos Universités, le fructueux apostolat de ses pre-
mières années d'étudiant à Paris et à Padoue.

On connait par l'histoire de sa vie les merveil-

leux effets que produisaient ses exemples de charité, de douceur et d'humilité, ses mœurs simples
et pures, son caractère aussi ferme que sa foi.

En outre, des écrits contemporains nous révèlent
les règles de vie qu'il s'était prescrites pour conserver la ferveur de sa piété, pour se préserver de la
contagion du vice, au milieu des dissipations de ses
condisciples, et des plaisirs auxquels ils se livraient.

D'après ces règles, tout devait se rapporter à
Dieu, dans les actes et les paroles, dans les sentiments les plus intimes du jeune François. Tout se
montrait à ses yeux comme point de départ et
comme but, dans le sens des volontés divines....
Il voulait tout faire servir a entretenir son union
avec Jésus son bon Maître... Ce qu'il se proposait,
aidé de la grâce, d'enlever à la nature et au monde,
il tendait à le reporter vers le souverain amour...

Or cette contemplation de l'âme d'un saint, *aimé
de Dieu et des hommes*, qui se fit constamment *tout
à tous ;* ces souvenirs de son jeune âge si dignes de
notre admiration, n'indiquent-ils pas le remède aux
plaies actuelles, c'est-à dire, à l'affaiblissement de
l'énergie et de la foi dans les individus, et partant,
à la décadence de notre état social.

Les étudiants de notre époque, dira-t-on, ne sont pas suffisamment préparés à une régénération aussi chrétienne. Cela est vrai peut-être, dans une certaine mesure.... Mais le temps semble venu où tout ce qui peut servir à éclairer et à affermir les esprits, au point de vue moral et religieux, doit-être mis en œuvre. Il faut surtout que nos jeunes hommes en prennent leur parti. S'ils veulent être sérieusement, solidement chrétiens ; s'ils se proposent de remplir avec zèle leurs plus chers devoirs, il faut qu'ils regardent en face les grandes figures que nous offrent nos hagiographes, et qu'ils se disent ici, là, et à notre avis, spécialement en présence de celle de saint François de Sales : « Voilà un modèle de fermeté de caractère, de vraie piété et de grandeur d'âme !... Nous serions des lâches, sans excuse, ou sans foi, si nous ne nous efforcions pas de marcher à la suite du divin Chef des élus, et sur les traces des saints, pour tendre vers la patrie céleste, et aussi pour contribuer à relever la nôtre de ses abaissements.... »

Ce raisonnement nous le sanctionnons. autant qu'il nous convient de le faire, en publiant des pages, qui sont comme enfouies dans un ouvrage devenu trop rare, pages qui rehausseraient, s'il était possible, aux yeux de tous les disciples de François de Sales, petits ou grands, jeunes ou vieux, sa douce et aimable sainteté, les sentiments élevés et les principes religieux qui le dirigèrent dès ses premiers débuts dans les écoles de Paris et de Padoue.

Que la bénédiction du Ciel se répande sur notre dessein, et sur tous les jeunes étudiants qui chercheront dans cette publication, exemple, lumière, force et encouragement !...

VERTU ET PIÉTÉ

DE FRANÇOIS DE SALES

ÉLÈVE DES UNIVERSITÉS

DE PARIS ET DE PADOUE

..... Les riches facultés intellectuelles et la rapidité des progrès du jeune François de Sales pendant ses humanités, déterminèrent son père à lui proposer d'aller achever ses études à Paris, où le roi François Ier venait de donner à l'enseignement universitaire une forte impulsion ; il avait alors quatorze ans.

« Ayant appris, dit Charles-Auguste (1), le des-

---

(1) Charles-Auguste, né en 1606, était le neveu de François de Sales, dont, en 1622, il connut d'une manière extraordinaire le bienheureux trépas. Il était lui-même malade, à l'agonie et près de rendre le dernier soupir, lorsque, le jour des Saints Innocents, il fut surpris

sein que son père avait de l'envoyer au collége de
Navarre, il y eut de la répugnance, parce qu'il
avait ouï dire que la jeunesse ne s'y adonnait pas
tant à la piété qu'au collége des Pères Jésuites.
Que faire là-dessus? Il n'osait pas contrarier ouver-
tement la volonté de son père; il alla trouver sa
mère, et lui ouvrit son cœur par un long discours,
lui remontrant, au moyen de toutes ses raisons,
combien en une si bonne occasion il ferait de profit
sous les Jésuites; et autrement, en quel danger il
serait de s'exposer. Ce qui fut cause qu'elle rap-
porta au seigneur son mari l'intention de François,
avec des paroles si efficaces et puissantes, que le
dessein fut changé.....

« François donc reçut la bénédiction de son père et
de sa mère, et partit de Sales pour aller à Paris, au
collége des Jésuites....

« Il y fit sa rhétorique et sa philosophie; il suivit

d'un doux sommeil qui dura trois heures et pendant lequel
il vit saint François de Sales qui venait le guérir et le bénir
avant de partir pour l'autre monde. A son réveil, il annonça
cette mort, et, en effet, deux jours après on en reçut la
nouvelle.

Devenu évêque, il écrivit la vie de son saint oncle en 1633.
Il la raconte si naïvement et si gracieusement que l'on
croirait voir et entendre saint François de Sales lui-même.

C'est dans cette histoire que nous avons puisé presque
toutes les pages de notre publication.

ensuite les leçons de Génébrard, savant bénédictin, qui fut depuis archevêque d'Aix ; il étudia l'hébreu et la théologie scolastique sous le Père Jean Moldonat, qui jouissait d'une grande réputation.

« Six années se passèrent ainsi, pendant lesquelles, si le jeune François pénétra bien avant dans les secrets de la science, il ne fit pas de moindres progrès dans les voies intérieures ; car il fréquentait, en même temps que les écoles, la Congrégation établie en l'honneur de la Mère de Dieu, dans le collége des Pères Jésuites. Tous les huit jours, il se confessait, et recevait la sainte Eucharistie pour la nourriture spirituelle de son âme. Il tâchait d'inspirer cette pratique à ses compagnons d'étude.

Le trait suivant en est une preuve : Un de ses compatriotes, arrivant à Paris, était venu le voir, il l'invita à dîner ; mais il le conduisit d'abord au collége des Jésuites, le fit confesser et communier avec lui, après quoi, il lui dit : « Allons dîner « maintenant quand il vous plaira ; voilà le pre- « mier et le plus grand festin que je voulais vous « faire..... »

« Il avait aussi de fréquents entretiens avec de saints religieux qu'il connaissait dans divers monastères. Il aimait surtout à voir Henri Duc de Joyeuse qui avait quitté les plus hautes dignités de la cour, pour devenir capucin, sous le nom de Père Ange ;

il admirait sa grande piété, et disait à un de ses
amis, qui venait le visiter avec lui : « O Dieu! quel
« exemple nous baille ce religieux, qui, étant né
« prince et élevé parmi les princes, après tant de
« beaux faits, de richesses, de charges et d'hon-
« neurs, a dit adieu au monde, et a mieux aimé
« être abject en la maison de Dieu, que d'habiter
« dans les tabernacles des pécheurs!... »

Pour assurer sa vertu la plus chère, la chasteté
de son âme et de son corps, le jeune François étant
un jour dans l'église de Saint-Etienne-des-Grès,
prosterné devant une image de la Sainte Vierge,
pria Marie d'*avoir un soin particulier de sa virginité.*
Il fit même plus tard vœu de cette vertu, vœu dont
l'impiété dédaigneuse peut sourire, mais qui n'en
est pas moins l'honneur et la gloire du christianisme. Une épreuve terrible en fut l'occasion. Sui-
vons-en le récit dans Charles-Auguste.

« Certes, le diable ne pouvait que mal conjec-
turer pour soi des grands avancements que cette
âme faisait au chemin de la vertu. Il tâcha donc
ainsi d'arrêter le navire de ce béni enfant, qui
cinglait heureusement à la faveur du vent céleste.
Il couvrit son esprit d'épaisses ténèbres, et il lui fit
penser à la difficulté qu'il y a de parvenir au salut
éternel....

« Enfin, il fit tant que cette pauvre âme, après

avoir roulé beaucoup de pensées, entra dans la défiance de son salut, et s'imagina qu'elle serait damnée. « Moi, misérable, disait cet enfant digne de compassion, tout abattu de tristesse, hélas ! serai-je donc privé de la grâce de Celui qui m'a fait goûter si souvent ses douceurs, et qui s'est montré à moi si aimable ! ô amour ! ô charité ! ô beauté à laquelle j'ai voué toutes mes affections, je ne jouirai donc pas de vos délices pendant l'éternité..... »

« Ah ! quoi qu'il en soit, Seigneur, pour le moins que je vous aime en cette vie, si je ne puis vous aimer en l'éternelle, puisque personne ne vous loue en enfer, et si je dois être de ceux qui ne vous verront jamais, faites au moins que je ne sois pas de ceux qui vous maudiront et qui blasphémeront votre nom.... »

« Cet affligé gentilhomme jetait ainsi mille soupirs et gémissements amers, et arrosait son lit de ses larmes ; car quelle joie pouvait-il avoir, croyant que la damnation éternelle serait un jour son partage ?....

« Un mois s'étant ainsi passé, comme il revenait du collége, il entra dans la même église, où il s'était proposé de conserver le lys de sa virginité ; il prit garde à une petite affiche de la muraille, et fut curieux de voir ce qui était écrit en icelle ; il trouva que c'était le *Souvenez-vous, Memorare*. L'ayant récité avec foi et ferveur, il demanda humblement miséricorde, comme un secours pressant, dans sa détresse; et voua à Dieu et à la Sainte Vierge sa virginité; en témoignage et mémoire de quoi il s'obligea de réciter le chapelet tous les jours de sa vie. Et subitement, parmi ces prières et ces vœux, la tentation s'évanouit.....

« Après avoir demeuré six ans à Paris, François passa en Italie pour aller étudier la jurisprudence à Padoue..... »

Laissons encore Charles Auguste nous décrire cette période de la jeunesse de notre Saint.

« En ce temps, l'université de Padoue fleurissait sous de très-graves jurisconsultes, entre lesquels Guy Pancirole, homme en tout semblable à la vertu et à la science, et qui tenait plus de l'esprit angélique que de l'humain, était sans difficulté le plus illustre. Il ne se peut pas bonnement dire combien François reçut de contentement se voyant disciple d'un si grand maître, duquel il avait déjà entendu la renommée à Paris Il en remercia la divine Providence, et s'encouragea par ces paroles : « Courage, ô François ! souviens-toi du dire d'Arsenius : Pourquoi es-tu venu ? Les jours de l'homme sont courts et passent comme l'ombre ; fais bien tandis que tu en as le loisir..... »

François se donna beaucoup à l'étude du Droit ; les archives de sa famille firent foi de son travail.

Tels furent, au reste, ses succès, que Pancirole, qui l'avait secondé de tout son pouvoir, voulut se charger de faire son éloge en séance solennelle, et qu'il n'hésita pas à proclamer, au milieu d'applaudissements unanimes, que le jeune Lauréat *était le modèle de l'école et la lumière de ses maîtres....*

« La piété de l'étudiant ne perdait rien à son zèle pour la science ; elle le conduisait tour à tour, du cabinet de Pancirole, à la cellule d'une autre gloire contemporaine. L'histoire n'a point oublié le nom du Père Pottevin de la Compagnie de Jésus ; elle lui compte encore, avec reconnaissance, parmi de nombreux services, celui d'avoir dirigé la conscience du futur évêque de Genève.

« C'est sous ce grand maître spirituel, sans doute, que François se prescrivit des règles de conduite par lesquelles il pût éviter les périls de cette vie et marcher d'un pas assuré sur le glissant théâtre de ce monde (1).

« C'est aussi vers cette époque que le petit livret du *Combat spirituel* lui tomba entre les mains, comme une lettre du Ciel. Il commença donc à s'en servir et le goûtant de plus en plus, il le portait partout sur lui, pour le méditer à ses moments de loisir, selon ses besoins ou son attrait....

« Le jeune François agissait comme un sage

(1) Ce sont ces règles que nous donnons plus loin.

pilote qui redouble ses soins, quand il vogue sur
une mer périlleuse et féconde en naufrages ; il
vivait dans une ville livrée aux plaisirs, au milieu
d'une jeunesse qui n'en usait pas innocemment....

« Vint un jour, en effet, où plusieurs de ses compagnons d'étude essayèrent de lui enlever le beau
lys de la pureté qu'il conservait si chèrement.
Sous prétexte de le conduire chez un nouveau docteur qu'ils vantaient pour sa science, ils l'avaient
fait entrer dans la maison d'une courtisane pré-
parée au rôle qu'on lui faisait jouer. Elle les reçut
avec tous les dehors d'une personne honnête,
comme si elle eût été l'épouse du docteur. Mais
bientôt la conversation étant engagée, les jeunes
gens se retirèrent l'un après l'autre, laissant François de Sales seul dans une compagnie si dange-
reuse. Il ne tarda pas à reconnaître le piége qu'on lui
tendait ; il en reprit avec sévérité la malheureuse
prostituée dont il s'éloigna brusquement ; elle voulut le retenir, mais l'innocent jeune homme, plein
d'indignation et de mépris, lui cracha au visage,
et sortit aussitôt. Il fut encore une autre fois l'ob-
jet d'une tentative non moins criminelle. Une certaine princesse qui se trouvait à Padoue pendant
qu'il y étudiait, avait conçu pour lui une honteuse
passion ; elle voulait l'attirer dans sa demeure, mais
elle n'en reçut que mépris et dédain ; et il resta
pur et sans tache au milieu de ces dangers....

« Ce fut en ce même temps que François commença à s'exercer plus ardemment que jamais en ces deux excellentes vertus, l'humilité et la débonnaireté, lesquelles ont été si constamment pratiquées par le divin Sauveur…. Il les aimait cordialement ; rarement il laissait passer les occasions de les mettre en œuvre ; et si, par mégarde ou surprise, il en laissait échapper quelqu'une, il reprenait amiablement son cœur, il le tançait de sa nonchalance, et formait sur le champ des fermes propos d'être mieux avisé à l'avenir…. Il employa six ou sept ans continuels pour les acquérir, n'épargnant aucune fatigue ni labeur, afin de s'en rendre le maître et le paisible possesseur….

« Or, le serviteur de Dieu était dans sa vingt-quatrième année, suivant Charles-Auguste, et le temps qu'il avait destiné pour l'étude des lois était écoulé, quand il reçut le commandement de son père de se doctorer. Il s'adressa donc à l'assemblée des docteurs, qui fut de quarante-huit, pour subir l'examen. Le docteur Pancirole, son promoteur, ne lui fut point chiche de louanges ; mais il le loua principalement d'avoir conservé sa chasteté, apportant en similitude ce qu'on dit de la fontaine Aréthuse, qui se mêle avec la mer, sans que ses eaux deviennent amères ; et après l'avoir ouï répondre très-solidement aux arguments qui furent lâchés contre sa doctrine, lui bailla l'anneau, la couronne et les priviléges de l'université, le cinquième de septembre, l'an mil cinq cent nonante et un. »

———✦———

PIEUSES RÈGLES DE VIE

OU EXERCICES SPIRITUELS

DE FRANÇOIS DE SALES

ÉTUDIANT EN DROIT

Observation. — La vraie signification de la vie est trop oubliée..... La raison suffit cependant pour reconnaître que le but final d'une créature immortelle qui vient de Dieu, qui lui appartient, ne peut être un état passager. Or la vie terrestre est un état passager ; elle ne doit donc pas devenir la principale préoccupation des hommes. La vie éternelle est le seul but correspondant à leur nature immortelle. Eh bien ! cette vie éternelle consiste à connaître Dieu, à l'aimer et à le servir, pour parvenir, par l'enseignement, par les exemples et par la vertu médiatrice de Jésus-Christ, à l'union de Dieu dans l'éternité.

Saint François de Sales prouva, en s'imposant,

dès sa jeunesse, des règles de vie spirituelle, qu'il avait l'intelligence de la vie éternelle et qu'il savait comment on devait user de la vie terrestre. Suivons-le pas à pas dans ses saints exercices.

1. « Le matin, aussitôt que je serai éveillé, je rendrai grâces à mon Dieu avec ces paroles du prophète : « Dès le point du jour, vous serez le sujet de ma méditation, parce que vous avez été ma sauvegarde. » Ensuite, je considérerai que notre bon Sauveur, lumière des Gentils, est la lumière qui dissipe les ténèbres du péché ; sur quoi faisant une sainte résolution pour toute la journée, je chanterai avec David : « Je me lèverai de bonne heure, et, me mettant en votre présence, je considérerai que vous êtes le Dieu auquel déplaît l'iniquité : partant, je la fuirai comme chose souverainement désagréable à votre infinie Majesté. »

2. « Reconnaissant que je suis exposé à une infinité de dangers, j'invoquerai l'assistance de mon Dieu, et dirai : « Seigneur, si vous n'avez soin de mon âme, c'est en vain qu'un autre en prendrait soin. » — « Votre esprit me conduira par la main dans le vrai chemin, et votre divine Majesté me donnera la vraie vie, par son indicible amour et par son immense charité. »

3. « Je penserai sérieusement aux incidents qui

2

me pourront survenir, aux compagnies où peut-
être je serai contraint de me trouver, aux affaires
qui pourront se présenter, aux lieux où je serai
sollicité d'aller ; et ainsi, avec la grâce de Notre-
Seigneur, j'irai sagement et prudemment au-devant
des occasions qui pourraient me surprendre.

4. « Après avoir considéré les divers labyrinthes
où aisément je m'égarerais et courrais risque de
me perdre, je rechercherai diligemment les meilleurs moyens pour éviter les mauvais pas ; je disposerai aussi en moi-même de ce qu'il me convien-
dra de faire en telle et telle occasion, de ce que je
fuirai ou rechercherai.

5. « En outre, je ferai une ferme résolution de
ne pas offenser mon Dieu, et spécialement en la
présente journée ; à cette fin, je me servirai de ces
paroles : « Eh bien, mon âme, n'obéirez-vous pas
de bon cœur aux saintes volontés de votre Dieu,
vu que de là dépend notre salut? — Ah! que c'est
une grande lâcheté de se laisser ou persuader, ou
entraîner à mal faire, contre l'amour et le désir du
Créateur ! — Certainement, ce Seigneur d'infinie
Majesté, étant reconnu de nous digne de tout honneur et service, ne peut être désobéi que faute de
courage. »

6. « Pour lors et toujours je me remettrai et tout

ce qui dépend de moi, entre les **mains de l'éter-**
nelle Bonté. Pour cela je dirai de tout mon cœur :
« Je vous ai demandé une chose, ô Jésus, mon
Seigneur, et je ne cesserai de vous la demander, à
savoir, que j'accomplisse fidèlement votre volonté,
tous les jours de ma vie. » — « Je vous recommande, ô mon Seigneur ! mon âme, mon esprit,
mon cœur, ma mémoire, mon entendement et ma
volonté ; et faites qu'avec et en tout cela, je vous
serve, je vous aime, je vous plaise, et vous honore
à jamais. »

7. « Je ne manquerai pas, s'il m'est possible, d'ouïr
la sainte messe ; et, afin d'assister convenablement à
cet ineffable mystère, j'inviterai les facultés de
mon âme d'y faire leur devoir, par cet excellent
verset : « Venez voir les ouvrages du Seigneur ;
venez admirer les merveilles qu'il daigne faire en
notre terre. »

8. « Je désire communier le plus souvent que
je pourrai, par l'avis de mon confesseur ; au moins
ne laisserai-je point passer le dimanche sans manger
ce pain sans levain, vrai pain du ciel ; car comment pourrait le dimanche m'être un jour de sabbat
et de repos, si je suis privé de recevoir l'auteur de
mon repos éternel ?

9. « La veille du jour de la communion, je puri-

fierai mon âme de toutes les taches de mes fautes et
péchés, par une soigneuse confession, à laquelle
j'apporterai toute la diligence requise pour n'être
point troublé de scrupules ; mais d'autre part,
j'éviterai l'inutilité des recherches minutieuses et
empressées.

10. « Si je m'éveille la nuit, je donnerai de la
joie à mon âme, disant : Voici ton époux, ta joie,
et ton salut qui vient, allons au-devant, avec une
sainte allégresse et amoureuse confiance.

11. « Le matin étant venu, je méditerai la grandeur de Dieu et ma bassesse ; et, d'un cœur humblement joyeux, je chanterai avec la sainte Église :
« O chose admirable ! le pauvre et vil serviteur loge
« son Seigneur, le reçoit et le mange ! » Là-dessus,
« je ferai divers actes de foi et de confiance sur ces
« paroles du saint Évangile : « Si quelqu'un mange
« ce pain il vivra éternellement. »

12. « Ayant reçu le très-saint Sacrement, je me
donnerai tout à celui qui s'est donné tout à moi.
J'abandonnerai d'affection toutes les choses du ciel
et de la terre, disant : « Que veux-je au ciel ? que
« me reste-t-il sur la terre à désirer, puisque j'ai
« mon Dieu qui est mon tout ? » Je lui dirai simple
ment, respectueusement, confidemment, tout ce que
son amour me suggérera, et je me résoudrai de vivre

selon la sainte volonté du Maître qui me nourrit de lui-même.

13. « Quand je me sentirai sec et aride à la sainte communion, je me servirai de l'exemple des pauvres quand ils ont froid ; car, n'ayant pas de quoi' faire du feu, ils marchent et font de l'exercice pour s'échauffer. Je redoublerai mes prières, et la lecture de quelque traité du très-saint Sacrement, que très-humblement et d'une ferme foi j'adore....

SUIVENT QUELQUES POINTS D'ORAISON MENTALE OU DE MÉDITATION (1).

1. « Ayant pris le temps commode pour l'oraison mentale, je disposerai mon cœur à tenir grand compte de tous les bons désirs, mouvements, affections, résolutions, projets, sentiments, que la divine Majesté nous inspire et fait expérimenter, en la considération de la beauté de la vertu, de la noblesse de son service, et d'une infinité de bienfaits qu'elle nous départit très-librement.

(1) Saint François de Sales a dit quelque part « que l'oraison mentale mettant notre entendement en la clarté et lumière divine, et exposant notre volonté à la pure chaleur de l'amour céleste, il n'y a rien qui purge tant notre entendement de ses ignorances et notre volonté de ses affections dépravées.... » D'où l'on peut conclure que rien n'est plus utile que cet exercice.

2. « Un jour je considérerai la vanité des grandeurs, des honneurs et des voluptés de ce monde. Je m'arrêterai à voir le peu de durée de toutes ces choses, leur incertitude, leur fin et l'incompatibilité qu'elles ont avec les vrais et solides contentements. Alors mon cœur les dédaignera, les méprisera, les aura en horreur, et dira : « Allez, ô diaboliques appas, retirez-vous loin de moi, cherchez fortune ailleurs ; je ne veux point de vous, puisque les plaisirs que vous me promettez appartiennent aux fous et abominables... »

3. « Un autre jour, je considérerai la laideur, l'abjection, la déplorable misère qni se trouve au vice et au péché, et penserai aux pauvres âmes qui en sont obsédées et possédées ; puis je dirai, sans me troubler ni inquiéter aucunement : « Le vice, le péché est chose indigne d'une personne bien née, et qui fait profession de vertu ; jamais il n'apporte contentement qui soit véritablement solide, mais seulement en imagination ; mais quelles épines, quels scrupules, quels regrets, quelles amertumes, quelles inquiétudes, et quel supplice ne traîne-t-il pas avec soi, et même quand tout cela ne serait pas, ne nous doit-il pas suffire, qu'il est désagréable à Dieu ?.. . »

4. « Je m'efforcerai aussi de connaître et comprendre l'excellence de la vertu de chasteté, qui est

si belle, si gracieuse, si noble, si généreuse, si attrayante, si puissante. C'est elle qui rend l'homme intérieurement et encore extérieurement beau. Elle le rend incomparablement agréable à son Créateur. Elle lui sied extrêmement bien, comme propre qu'elle lui est. Ah ! c'est la vraie vertu qui le sanctifie, qui le change en ange, qui lui donne dès ici-bas le paradis.....

5. « Je me complairai dans l'admiration de la raison que le bon Dieu a donnée à l'homme, afin qu'éclairé et enseigné par sa merveilleuse splendeur, il laisse le vice et aime la vertu. Eh ! que ne suivons-nous la brillante lumière de ce flambeau, puisque l'usage nous en est donné, pour voir où nous devons mettre le pied. Ah ! si nous nous laissions conduire par sa lumière aidée de celle de la grâce, rarement chopperions-nous, difficilement ferions-nous le mal.....

6. « Je contemplerai la sagesse infinie, la toute puissance, et l'incompréhensible perfection de mon Dieu, la très-éminente sainteté de Notre-Dame et les imitables perfections des fidèles serviteurs de Dieu. De là, passant jusque dans le ciel empyrée, j'admirerai la gloire du Paradis, la félicité perdurable des esprits angéliques et des âmes glorieuses, et combien la très-auguste Trinité se montre puis-

sante, sage et bonne dans les récompenses éternelles
qu'elle donne à cette bénite troupe !....

7. « Je méditerai souvent et je savourerai
combien l'adorable Majesté est bonne en elle-
même, bonne par elle-même, bonne pour elle-
même, bonne pour ses créatures ; et comme elle est
la bonté même, la toute bonté et la bonté éternelle,
intarissable et incompréhensible ! « O Seigneur ! il
n'y a rien que vous de bon par essence et par
nature. Vous seul êtes nécessairement bon. Toutes
les créatures qui sont bonnes, tant par la bonté
naturelle que par la surnaturelle, ne le sont que
par participation de votre aimable bonté..... »

8. « Pour m'exciter et me réveiller de la paresse,
je répéterai souvent ces paroles : « Voilà que tous
les jours je m'en vais mourant ; de quoi me servi-
ront les choses présentes, et tout ce qu'il y a
d'éclatant et de spectacle au monde ? Il vaut beaucoup mieux que je les méprise courageusement, et
que, vivant en crainte filiale sous l'observance des
commandements de mon Dieu, j'attende avec tran-
quillité d'esprit les biens de la vie future..... (1) »

(1) Saint François de Sales a confirmé l'utilité de l'oraison
mentale lorsqu'il a dit : « elle est l'eau de bénédiction
qui, par son arrosement. fait reverdir et fleurir les plantes
de nos bons désirs, lave nos âmes de leurs imperfections et
désaltère nos cœurs de leurs passions.... »

CONCLUSION PRATIQUE

La bonté de Dieu, nous en avons la confiance, pourra faire que les exemples de saint François de Sales, étudiant à Paris et à Padoue, que ses *règles de vie spirituelle*, surtout, viennent en aide aux élèves des Universités catholiques.....

Mais qu'il nous soit permis de leur adressér cette prière : Ne vous en tenez pas à la seule lecture de ces règles ; car elles sont dignes d'être pesées par vous... Vous devrez donc les étudier, et les méditer, pour vous les approprier autant que possible.

Rien de mieux entendu au point de vue religieux, que la journée d'un jeune homme qui s'est proposé de marcher sur les traces de saint François de Sales.

Parcourons les principales circonstances qui se rattachent à la vie qu'il adopte.

Sa pensée, dès qu'elle se dégage de cette inertie
où l'a retenue le sommeil de la nuit, s'élance et
monte vers Dieu. Ce premier mouvement est excité
par la reconnaissance et l'amour filial. « Mon Père,
« je vous rends grâces et je vous aime ! — « Mon
« Dieu, je vous adore et me donne à nous ! »

Il se lève alors, et commence aussitôt sa nouvelle vie de chaque jour par la prière. C'est, avant
tout, celle qui nous a été dictée par Notre-Seigneur
lui-même : *Pater noster*.... Suit l'*Ave Maria*, salut
d'honneur et de confiance envers Marie. Il y ajoute
celles qui ont été consacrées par l'Église : *Credo*,
Confiteor; admirables expressions de notre foi et
de notre humilité....

Puis, se recueillant en lui-même, il s'y ren-
ferme, pour ainsi dire, avec Dieu, pour vaquer à
l'*oraison mentale* ou méditer.

C'est ici que s'établissent les rapports de confiance
et d'amour, dans lesquels l'âme s'entretient ineffa-
blement avec Celui qui est son souverain recours,
son souverain bien..... Oh ! le précieux moment !
c'est alors qu'un fils se jette dans le sein paternel,
qu'il y cherche les sages conseils, les saintes consi-
dérations qui déterminent la fidélité la plus généreuse et la plus aimante.

A la fin de cette oraison, notre jeune chrétien

aime à prévoir et à ordonner les diverses occupations qui devront remplir sa journée. Il se propose de lire des livres utiles et non frivoles, ou des traités sur la religion. Il demande à Dieu la grâce de se tenir constamment sur ses gardes pour ne pas négliger une seule occasion de se vaincre lui-même, faisant consister la vertu en cette victoire quotidienne.

Viennent ensuite quelques résolutions de piété, parmi lesquelles se trouvera celle de se rendre chaque jour, à moins d'obstacle imprévu, au pied des autels où doit s'offrir à Dieu le seul et vrai sacrifice digne de Lui. Et non-seulement il assistera à la célébration des saints mystères, mais il participera fréquemment à la manducation de la divine hostie et recevra ainsi l'aliment de la piété et de la pureté.

Arrêtons-nous. — La fin du jour pour notre jeune étudiant reproduit à peu près ce qui s'est passé au commencement. Il adore, il prie, il s'interroge ; il juge devant son Dieu s'il a fait tout ce qu'il avait prévu, et pratiqué tout ce qu'il avait résolu. Il s'excite aux sentiments du repentir ou de la reconnaissance à l'égard du Cœur de son bon Maître Il se recommande ensuite à la protection de sa divine Mère et de son ange gardien. Enfin se signant au nom de la très-sainte Trinité, il confie son âme à son Créateur par ces paroles sacrées : *In manus tuas commendo spiritum meum.*

Les *règles de vie* de saint François de Sales, que
nous venons de résumer, en les simplifiant, n'exi-
gent pas, comme on a pu le voir, la multiplicité
des exercices de piété; elles ne consacrent qu'une
partie des moments de la journée, les meilleurs,
il est vrai.... Il s'agit, du reste, au moyen et à la
faveur de ces règles, de procurer à notre vie
les avantages du bon emploi que l'on doit s'efforcer
d'en faire; il s'agit de donner du prix à nos sentiments et à nos actions; et pour cela personne ne
doit négliger d'y mêler l'élément par excellence,
l'élément religieux.

Mais, il faut bien le dire, à notre époque, cet
élément est loin d'être généralement compris et
accepté. Quelle en est la cause, sinon l'absence de
la foi dans les esprits, du courage et de la fermeté
dans les caractères.

Combien, de nos jours, d'hommes faits, combien
même de jeunes gens sont disposés à ne voir dans
la pratique de la religion qu'une formalité sans
importance, qu'un ennui, lorsqu'ils y trouveraient
consolation, appui, stimulant, frein efficace!....

Nous les supplions de prendre à cet égard de
meilleurs sentiments. Or, pour cela, qu'ils élèvent
l'étude de la religion à la hauteur qui lui est due.
Qu'ils veuillent bien appeler à leur aide une foi
raisonnée et réfléchie; et ils soutiendront avec force

et succès, s'ils prient, les luttes contre l'orgueil, contre l'obéissance à Dieu et à son Eglise, contre les penchants mauvais et les passions désordonnées.

Là est la paix avec Dieu, avec la société, avec soi-même... C'est aussi pour cela que le Christianisme est la science de la vie la plus utile et la plus consolante pour toutes les conditions et pour tous les âges.

Le Christianisme, a dit de nos jours un éminent prélat, (1) s'adressant à une jeunesse d'élite, le Christianisme est un esprit de *paix*, parce qu'il vous apprend à réprimer vos passions naissantes, et à tenir ainsi vos âmes exposées, comme la surface calme d'une eau limpide, aux irradiations de la science. — C'est un esprit de *respect* et *d'obéissance* envers les guides de votre jeunesse et envers toutes les supériorités sociales, parce qu'il vous commande, par la bouche de saint Paul, d'être soumis à toutes les puissances humaines, à cause de Dieu qui l'exige. — C'est un esprit de *liberté* et *d'indépendance*, en ce qui touche votre foi religieuse et votre conscience, parce que vous savez que l'homme n'a aucun droit sur ce domaine sacré, dont les martyrs ont conquis l'inviolabilité par leurs souffrances, et qu'ainsi, ni le respect humain,

(1) Mgr Delalle.

ni les persécutions ne doivent vous faire fléchir sur ce point. — C'est un esprit de *réel dévouement* envers vos parents chéris et envers la patrie, votre mère adoptive qui, en vous garantissant les droits de citoyen, vous en impose aussi les devoirs, parce que Dieu a dit : *Tes père et mère honoreras, afin de vivre longuement.* — C'est un esprit de *charité* qui crée une douce camaraderie, une fraternelle dilection entre les condisciples, et qui s'étend à tous les hommes, parce que Jésus-Christ a dit : *Aimez-vous les uns les autres comme je vous ai aimés.* — C'est un esprit de *force* qui vous fait surmonter toutes les aspérités du travail et qui vous fait vaincre toutes les tentations de la vie, en vue d'une récompense supérieure à tous les avantages du monde, savoir : le témoignage d'une bonne conscience sur la terre, et un jour la couronne éternelle des cieux.

Tel est le but de la science chrétienne, comme c'est aussi le précieux résultat de ses conséquences pratiques.

CONSÉCRATION

DE SAINT FRANÇOIS DE SALES

A LA TRÈS-SAINTE VIERGE

RECOMMANDÉE AUX ÉTUDIANTS

DES UNIVERSITÉS CATHOLIQUES

« Je vous salue, très-douce Vierge Marie, Mère de Dieu, vous êtes ma Mère et ma maîtresse ; partant je vous supplie de m'accepter pour votre fils et serviteur, parce que je ne veux plus avoir d'autre mère que vous. Je vous prie donc ma bonne, gracieuse et très-douce Mère, qu'il vous plaise de me consoler en toutes mes angoisses et tribulations, tant spirituelles que corporelles. Ayez mémoire et souvenance, très-douce Vierge, que vous êtes ma Mère, et que je suis votre fils, que vous êtes très-puissante et que je suis une chétive créature, vile et faible. Partant, je vous supplie, ma très-douce Mère, que vous me gouverniez et défendiez en toutes mes voies et actions. Car hélas ! je suis un pauvre disetteux et mendiant, qui ai grand besoin de votre sainte protection. Sus donc, ma Très-Sainte-Vierge, ma douce Mère, préservez et délivrez mon corps et mon âme de tous maux et dangers, et de grâce faites-moi participant de vos biens et de vos vertus, et principalement de votre sainte humilité, excellente pureté et fervente charité.

« Ne me dites pas, gracieuse Vierge, que vous ne pouvez, car votre bien aimé Fils vous a donné toute puissance, tant au ciel comme en la terre. Ne me dites pas que vous ne devez, car vous êtes la commune Mère de tous les pauvres humains, et singulièrement la mienne. Si vous ne pouviez, je vous excuserais, disant : Il est vrai qu'elle est ma Mère, et me chérit comme son fils, mais la pauvrette manque d'avoir et de pouvoir. Si vous n'étiez ma mère, avec raison je patienterais, disant : Elle est bien assez riche pour m'assister ; mais hélas ! n'étant pas ma mère elle ne m'aime pas. Puis donc très douce Vierge, que vous êtes ma mère, et que vous êtes puissante, comment vous excuserai-je si vous ne me soulagez et ne me prêtez votre secours et assistance ? Voyez, ma Mère, que vous êtes contrainte à toutes mes demandes. Soyez donc exaltée sur les cieux et sur la terre, glorieuse Vierge, et ma très-haute Mère Marie ; et pour l'honneur et la gloire de votre Fils, acceptez-moi pour votre enfant, sans avoir égard à mes misères et péchés ; délivrez mon âme et mon corps de tout mal, et donnez-moi toutes vos vertus, surtout l'humilité. Faites-moi présent de tous les dons, biens et grâces qui plaisent à la très-sainte Trinité, Père, Fils et Saint-Esprit. Ainsi soit-il.

IMPRIMATUR.

Cenomani, 29 februarii 1876.
† HECTOR-ALBERTUS, Episc. Cenomanen.

Le Mans. — Imp. A. Leguicheux, rue Marchande, 15.

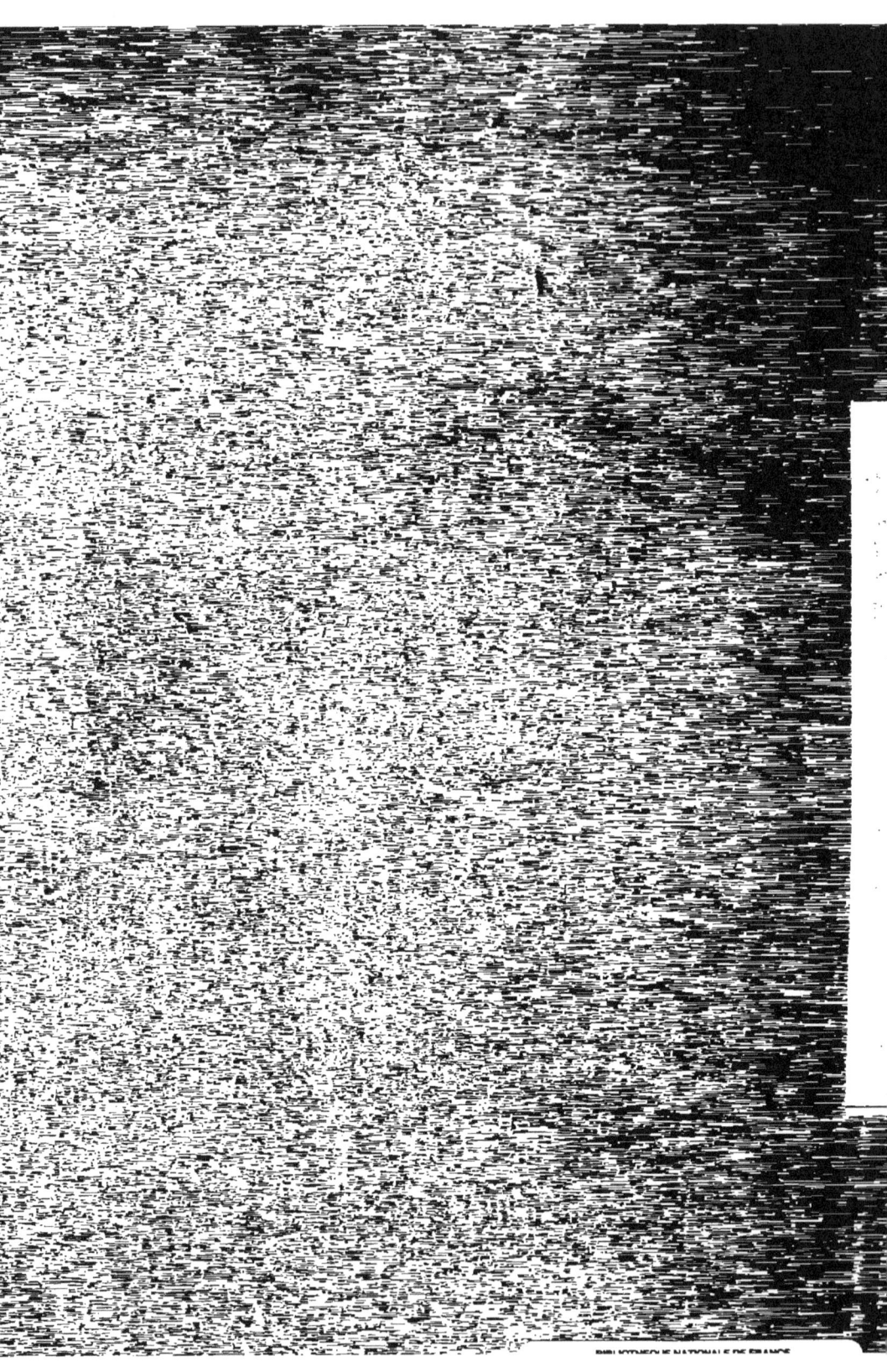